AF341086

VENTE DU LUNDI 3 DÉCEMBRE 1888

HOTEL DROUOT, SALLE N° 3

COLLECTION

A. LEFRANÇOIS

DE ROUEN

Faïences Anciennes

EXPOSITION PUBLIQUE

LE DIMANCHE 2 DÉCEMBRE 1888

M° PAUL CHEVALLIER	M. CHARLES MANNHEIM
COMMISSAIRE-PRISEUR	EXPERT
10, rue de la Grange-Batelière. 10	7, rue Saint-Georges, 7.

CATALOGUE

DES

ANCIENNES FAIENCES

DE ROUEN

Sinceny, Nevers, Sceaux, Aprey, Moustiers, Niderwiller, etc.

QUELQUES FAIENCES ÉTRANGÈRES

Seaux en porcelaine de Saint-Cloud

COMPOSANT LA

COLLECTION DE M. A. LEFRANÇOIS

DE ROUEN

ET DONT LA VENTE AURA LIEU

HOTEL DROUOT, SALLE N° 3

Le Lundi 3 Décembre 1888

à deux heures très précises.

Mᵉ PAUL CHEVALLIER   **M. CHARLES MANNHEIM**

COMMISSAIRE-PRISEUR   EXPERT

10, rue de la Grange-Batelière, 10   7, rue Saint-Georges, 7

EXPOSITION PUBLIQUE

Le Dimanche 2 Décembre 1888

de une heure à cinq heures.

CONDITIONS DE LA VENTE

Elle sera faite au comptant.

Les adjudicataires payeront *cinq pour cent* en sus des enchères applicables aux frais.

L'exposition mettant le public à même de se rendre compte de l'état des objets, il ne sera admis aucune réclamation une fois l'adjudication prononcée.

Paris. — Imprimerie de l'Art, E. Ménard et Cⁱᵉ, 41, rue de la Victoire.

DÉSIGNATION DES OBJETS

ROUEN ET SINCENY

À DÉCOR POLYCHROME

1 — Quatre bustes : les Saisons, en faïence de Rouen, avec leurs consoles-appliques, à riche décor polychrome. Ancienne manufacture royale de Poterat, au faubourg Saint-Sever, à Rouen. Époque Louis XIV. Ces quatre pièces remarquables décoraient autrefois la façade d'un faïencier établi rue Mabillon, à Paris.

Hauteur totale, 1 m. 10 cent.

2 — Buste, grandeur nature, de négrillon, décoré au naturel, avec manteau à l'antique, drapé sur les épaules; il est élevé sur piédouche quadrangulaire marbré gris. Pièce d'un grand effet décoratif.

Haut., 70 cent.

3 — Grande fontaine décorée de bandes à dessins polychromes sur fond bleu et des armoiries accolées des familles de Theuville et de Paviot, avec entourage de guirlandes de fleurs. Pièce importante du commencement du xviiie siècle.

4 — Deux grandes consoles-appliques, à godrons, tablier et volutes latérales, décorées en bleu relevé de vert.

Haut., 52 cent.

5 — Grand vase de jardin, cylindrique, à riche décor polychrome; offrant d'un côté un groupe de figures chinoises et, de l'autre,

un dragon dévorant une cigogne, des fruits de toutes sortes, des œillets, etc. Sinceny.

Haut., 36 cent.; diam., 41 cent.

6 — Plat long à contours, décoré, au centre, d'oiseaux et d'insectes, au dessus d'une corbeille rouge garnie de fleurs; au marli, une bande ornementale à fond couvert de cercles concentriques.

Long., 45 cent.

7 — Belle assiette offrant, au centre, un médaillon, scène galante en camaïeu bleu, dans un encadrement de rinceaux, fleurons, guirlandes et entrelacs, en couleur. Ce médaillon est surmonté des armes de Bernard d'Avernes et de Courmesnil : *d'argent au chevron de sable, accompagné de trois trèfles de sinople, deux et un, au chef dit de la religion.*

Cette famille a fourni bon nombre de chevaliers de Malte, depuis 1607 jusqu'à 1738, et parmi eux sept commandeurs.

Bernard d'Avernes mourut le 31 décembre 1747, et fut enterré dans l'église du Val-de-la-Haye, proche de la commanderie de Sainte-Vaubourg, près Rouen.

Une bordure élégante, faite de rinceaux, de coquilles, de quadrillages et de pointillés, décore le marli.

Diam., 24 cent.

8 — Encrier reposant sur quatre griffes de lion, décor polychrome de lambrequins et de guirlandes.

9 — Grand plateau rectangulaire à pans coupés. Décor polychrome représentant un concert chinois. Époque de la Régence. Sinceny.

Long., 60 cent.; larg., 48 cent.

10 — Fontaine-applique, demi-cylindrique, à décor polychrome composé de guirlandes, de pentes de fleurs et de bouquets encadrés de bandes ornementales à fond bleu.

Haut., 28 cent.

11 — Porte-montre ajouré, composé de rocailles, de rinceaux et de fleurs en relief, reposant sur deux lions couchés sur une terrasse.

Haut., 32 cent.

12-13 — Deux bannettes octogonales et à anses, à décor polychrome. Époque Louis XIV.

Diam., 45 cent.

14 — Pichet à décor polychrome, guirlandes et ornements variés, et au bas le nom : Jean-Baptiste Chauvin, 1779.

Haut., 32 cent.

15 — Deux consoles-appliques, composées de rocailles, de coquillages et de rinceaux en relief, et à décor polychrome. Époque Louis XV.

Haut., 35 cent.

16 — Petite console-applique à mascaron et feuille d'acanthe.

Haut., 16 cent.

17 — Pichet offrant sur la panse une chasse au cerf en camaïeu bleu, des bandes émaillées jaune, et, sur le bec et l'épaulement, des oiseaux et des insectes en couleur. Époque Louis XV.

Haut., 30 cent.

18 — Pichet à décor polychrome : médaillon quadrilobé, représentant saint Jean; guirlandes de fleurs, rinceaux et le nom : Pierre Goude, 1779.

Haut., 27 cent.

19 — Pichet à décor polychrome : sur l'épaulement, une zone de quadrillés rouges et un cartel portant le nom : N. L. Fre. Bert, 1757; sur la panse, des guirlandes et des rinceaux séparés par des montants bleus.

Haut., 26 cent.

20 — Cache-pot cylindrique muni de deux petits ailerons et à

décor polychrome ; bande ornementale en haut et en bas ; au milieu du vase, une armoirie de cardinal ayant deux anges pour support.

Haut., 17 cent.

21 — Deux petits bustes : Voltaire et Rousseau, décorés d'émaux de couleur et à piédouches marbrés.

Haut., 17 cent.

22 — Deux lions assis, en regard, relevés d'émaux bleus, jaunes et rouges.

Haut., 16 cent.

23 — Petit seau décoré au pourtour de kiosques et d'arbustes dans le goût chinois.

Haut., 9 cent.

24 — Saladier offrant au fond une Naïade, une Sirène et l'Amour, dessinés en bleu avec quelques rehauts de jaune et de vert ; au bord, une bande de rinceaux à fond bleu. Le revers porte le nom : J. PERDU 1734.

Diam., 34 cent.

25 — Deux jardinières évasées à cinq pans, décor polychrome à la corne. Initiales D. F.

Haut., 10 cent.

26 — Autre de même forme, médaillon à paysage en camaïeu bleu dans un riche encadrement polychrome de cornes d'abondance, de fleurs et de rinceaux. Marque J. PERDU 1754.

Haut., 14 cent.

27 — Théière sphérique à décor polychrome : buissons de fleurs, grenades, oiseaux et papillons.

Haut., 14 cent.

28 — Plat à barbe à décor polychrome : figures de Chinois, kiosques, arbres, rocailles.

Long., 36 cent.

29 — Plat rond concave, à riche décor polychrome dans le goût chinois : Trois dames auprès d'une palissade, des plantes sur des rochers, des papillons, etc.

Diam., 40 cent.

30 — Plateau long, octogone, à bord oblique. Décor polychrome : Oiseaux sur des branches s'échappant d'un buisson d'œillets, papillons et feuillages. Sinceny. — Initiale S. deux fois reproduite.

Long., 43 cent.; larg., 33 cent.

31 — Plat long, octogone, à décor polychrome : au fond, une corbeille de fleurs; au bord, une bande d'ornements sur fond bleu et, à la chute, des corbeilles dans des cartels reliés par des guirlandes.

Long., 35 cent.

32 — Plat octogonal à décor polychrome; au centre, une corbeille de fleurs; à la chute et au marli, une bande d'ornements à fond bleu, quatre cartels quadrillés et reliés par des guirlandes.

Diam., 33 cent.

33 — Bannette oblongue à bord dentelé, munie d'anses, décor polychrome à la corne. Initiales P. C.

Long., 39 cent.

34 — Bannette octogonale, à décor polychrome à la corne tronquée, avec bouquet, papillons, insectes, etc.

Long., 34 cent.

35 — Bannette ovale, décor polychrome aux emblèmes de l'Amour, avec bordure quadrillée à fleurons et rinceaux.

Long., 38 cent.

36 — Bannette octogonale à décor polychrome, représentant quatre figures chinoises, devant une palissade surmontée d'oiseaux.

Long., 38 cent.

37 — Bannette octogonale à décor polychrome; au fond, des kiosques chinois; au bord, une bande quadrillée vert interrompue par quatre réserves à fleurs. Initiales G. L.

Long., 37 cent.

38 — Autre avec bordure analogue; le fond est occupé par une gerbe de fleurs.

Long., 37 cent.

39 — Bannette octogonale à décor polychrome; au fond, un buisson de fleurs, des oiseaux sur une branche, des insectes et un dragon. Des branches de fleurs courent sur le bord.

Long., 37 cent.

40 — Plat ovale à bords contournés, décor polychrome à la corne tronquée, d'où émerge un bouquet; à l'opposé, un buisson fleuri et, dans l'entredeux, des oiseaux et des papillons.

Long., 40 cent.

41 — Plat creux à bord festonné. Au fond, un buisson, deux oiseaux sur une branche, une chimère. Près du bord, des branches de fleurs.

Diam., 27 cent.

42 — Soupière oblongue avec couvercle à bouton, décor polychrome; fleurs, rinceaux et bande pointillée.

Long., 36 cent.

43 — Belle soupière couverte et plateau à bords contournés, à fond d'émail bleu de Perse, décorés de gerbes de fleurs et de bandes quadrillées en blanc, jaune, brun, rouge et vert. Atelier de Guillibeaux.

Diamètre du plateau, 30 cent.

44 — Pot à eau de même faïence et de décor analogue.

Haut., 23 cent.

45 — Soupière ovale, à couvercle surmonté d'un serpent enroulé. Décor polychrome de rocailles, oiseaux, fleurs et arbustes. Sinceny.

46 — Plat rond à bords festonnés et à décor polychrome ; au fond, un kiosque chinois, des plantes et des oiseaux ; au marli, six réserves à fleurs alternant avec des compartiments quadrillés vert. Marque : S. 3.

Diam., 38 cent.

47 — Plat rond à bords festonnés, décor polychrome ; au centre, une armoirie timbrée d'une couronne comtale et entourée de l'ordre du Saint-Esprit ; au marli, des fleurs et des rinceaux ressortant sur un pointillé rouge.

Diam., 41 cent.

48 — Plat rond à bord festonné, décor polychrome : Barque montée par deux Chinois. Sinceny.

Diam., 31 cent.

49-50 — Deux petits plats ronds à armoiries de cardinal, en bleu, manganèse et jaune.

51 — Petit saladier quadrangulaire à angles rentrants, décor polychrome, animaux, rocailles et fruits.

23 cent. sur 23 cent.

52 — Compotier à bord festonné et à décor de fleurs, d'oiseaux et de papillons

53 — Compotier à bord dentelé, décor polychrome dit à la tulipe, composé de trois bouquets et de fleurettes détachées.

54 — Compotier octogone ; au fond, une corbeille de fleurs : au bord, des motifs à rinceaux quadrillés de rouille alternant avec des guirlandes de fleurs et de fruits. Initiale B.

55 — Assiette polychrome, à la double corne et paysage chinois.

56 — Assiette polychrome à décor dit à la pagode.

57 — Assiette à bord quadrillé et fleur au centre.

58 — Assiette à décor polychrome dit au Chinois, avec bordure relevée de bistre.

59 — Assiette à décor polychrome dit à la crevette ; au centre, une fleur ; à la chute, des branches de fleurs : au marli, quatre médaillons contenant des crevettes, séparés par un treillis vert parsemé de demi-fleurons.

60 — Assiette à bords festonnés, à décor polychrome dit au cygne ; au fond, un cygne sur l'eau, entre deux touffes de roseaux et surmonté d'un papillon ; au marli, une couronne de fleurs et de feuilles.

61 — Assiette à décor polychrome : au fond, kiosques chinois, arbres, dragon volant et papillon : au marli, un quadrillé vert interrompu par quatre réserves de fleurs.

62 — Assiette à décor polychrome ; au centre, une corbeille fleurie ; au marli, quatre autres corbeilles contenues dans un trilobe et reliées par de belles guirlandes.

63-64 — Deux assiettes à bord festonné, gros bouquet avec tulipe et trois petits bouquets.

65-66 — Deux assiettes polychromes du même décor : Trois Chinois dans un paysage, avec plantes, arbustes, rochers, palissades.

67 — Assiette à décor polychrome ; au fond, une gerbe de fleurs et une palissade ; au marli, quatre réserves à fleurs séparées par un quadrillé vert.

68-69 — Deux assiettes à bord festonné, décor polychrome, cartel contenant un paysage, et placé entre une corne et un vase remplis de fleurs, au-dessus desquelles voltigent des papillons.

70 — Belle assiette à bord festonné, à riche décor polychrome dit à la corne.

71-72 — Deux assiettes, décor à la corne.

73 — Compotier offrant au centre une corbeille reposant sur deux cornes d'abondance, et au bord une bande de feuillages, fleurs, quadrillé rouge et pointillé bleu.

Diam.. 25 cent.

74 — Bénitier du XVIIIe siècle.

Haut., 29 cent.

75 — Boite à épices, trilobée et à couvercle tournant, décor polychrome, kiosques chinois et bordure quadrillée vert.

76 — Autre, de même forme, à décor de fleurs.

77 — Ravier oblong, à décor de fleurs et bordure quadrillée vert à réserves.

78 — Autre, à décor polychrome dit au carquois.

ROUEN

DÉCOR BLEU ET ROUILLE

79 — Hanap en forme de casque, à décor bleu et rouille composé
de rinceaux, lambrequins, guirlandes, culots, etc.; sous le
déversoir est un mascaron en relief.

Haut., 28 cent.

80 — Sucrier à saupoudrer en forme de vase balustre à couvercle
dômé et ajouré ; décor bleu et rouille : arabesques, bandes ver-
ticales feuillagées, roseaux, coquilles, etc. Époque Louis XIV.

Haut., 24 cent.

81 — Assiette à décor rayonnant en bleu et orangé.

82 — Deux vases avec leurs couvercles à décor de lambrequins
et de guirlandes en bleu et rouge. Provenant de la pharmacie
de l'hospice de Fontainebleau.

83 — Porte-huilier ovale, orné de deux têtes de lions en relief,
formant les anses; riche décor à lambrequins et corbeilles en
bleu et rouge.

84 — Plat long et octogone, décoré en bleu foncé et en rouille.
Au fond, des vases remplis de chrysanthèmes et divers usten-
siles dans le goût chinois ; au bord, un large lambrequin.

Long., 35 cent.

85-86 — Deux assiettes décorées en bleu et rouille : au centre,
une corbeille entre deux cornes d'abondance ; au bord, une
large bande lambrequinée avec retombées de fleurs. Époque
Louis XIV.

87 — Assiette décorée en bleu et rouille ; au fond, une large rosace contenant un oiseau qui vole ; au marli, un lambrequin.

ROUEN

DÉCOR BLEU

88 — Grand et beau plat rond à décor rayonnant : au centre, grosse rosace composée d'une étoile, de fleurons et de rinceaux déliés ; au bord, une large bande de rinceaux, de coquilles et de guirlandes, recouvrant le marli et la chute. Belle qualité.

Diam., 54 cent.

89 — Plat rond à décor rayonnant, composé de rinceaux et de feuillages en réserve sur un fond bleu ; le fond est occupé par une étoile encadrée d'une bande lobée, la chute est réservée et le marli est complètement décoré.

Diam., 43 cent.

90-91 — Deux grands plats ronds semblables, à décor bleu, offrant au centre l'armoirie de la famille Genet de Chastenay (Picardie), avec une bordure à lambrequins.

Diam.. 57 cent.

92 — Plateau rond à piédouche (guéridon de surtout), finement décoré en bleu. Au centre, une belle rosace à compartiments radiés, fleurs et ornements. Au bord, une bande de coquilles et de rinceaux en manière de lambrequins ; le piédouche est aussi décoré. Initiale *A*. Commencement du xviiie siècle.

Diam., 27 cent.

93 — Bannette octogone et à anses carrées, décorée en bleu. Au fond, un masque de satyre, donnant naissance à des enroule-

ments enguirlandés et surmontés de cigognes, est encadré d'une bande de rinceaux; au bord, un lambrequin à fond bleu d'où descendent des pentes de fleurs. Époque Louis XIV.

Long.., 45 cent.

94 — Hanap en forme de casque, à culot godronné et à décor bleu, à rinceaux et lambrequin. Marque F. P. accompagnée d'une fleur de lis. (Poterat.)

Haut., 25 cent.

95 — Pot à surprise, à rosaces saillantes et col ajourés; décor à lambrequin, rinceaux en réserve sur fond bleu.

Haut., 21 cent.

96 — Baignoire d'enfant, décorée en bleu intérieurement et extérieurement : rinceaux fleuris, draperies, fruits et lambrequin.

Long., 86 cent.; larg., 48 cent.

97 — Deux plateaux à bords ondulés, élevés sur pieds-toupies. Décor bleu à rosace centrale et bordure lobée.

Diam.. 23 cent.

98 — Compotier à bord ondulé, décoré en bleu; au fond, une rosace; au bord, une bande de rinceaux et de fleurons. Marque B 3 L, surmontée d'une fleur de lis.

99 — Assiette à décor bleu, dit aux mandarins : Deux Chinois cueillant des fleurs au milieu d'un paysage entrecoupé de rochers.

100 — Assiette décorée en bleu: au centre, une jardinière reposant sur deux rinceaux ; au marli, une bordure lambrequinée et à guirlandes.

101 — Petit huilier et deux burettes, décor bleu à lambrequin.

102 — Chauffe-mains en forme de livre, décor bleu à enroulements et feuilles.

ROUEN

PRODUITS DE LEVAVASSEUR

103 — ATELIER DE LEVAVASSEUR. Plat rond à bord festonné et à décor polychrome : gros bouquet, deux tiges fleuries et quelques fleurettes détachées.

Diam., 33 cent.

104 — ATELIER DE LEVAVASSEUR. Grande soupière oblongue à couvercle surmonté d'un artichaut. Elle est décorée de bouquets polychromes sur fond blanc et porte les initiales : VV.

Long., 40 cent.

105 — MÊME FABRIQUE. Plat long à bord festonné, décoré d'un gros bouquet et de fleurs détachées.

Long., 40 cent.

106 — MÊME FABRIQUE. Bourdaloue à décor de fleurs.

107 — MÊME FABRIQUE. Bannette ovale à bord contourné, décorée d'un bouquet et de quatre fleurettes et munie de deux anses serpents émaillées vert.

Long., 39 cent.

108 — ATELIER DE LEVAVASSEUR. Deux plateaux carrés à bord festonné, décorés de fleurs détachées.

24 cent. sur 24 cent.

109 — Atelier de Levavasseur. Jardinière rectangulaire à décor très fin, oiseaux divers, poules, en émaux de couleur.

Haut., 14 cent.; larg., 21 cent.

110 — Atelier de Levavasseur. Deux assiettes à bords lobés et gaufrés ; au fond ; une branche de rose ; au marli, un filet carmin et des quadrillés verts.

NEVERS

111 — Nevers. Grande fontaine à filtrer, composée de trois récipients superposés et surmontée de son couvercle.

Cette curieuse pièce est décorée de scènes de genre chinois en camaïeu bleu rehaussé de manganèse. On y voit représenté un souverain couronné, recevant les services ou les présents de ses sujets. Les personnages, traités dans la manière grotesque, fument dans des pipes gigantesques. Des guirlandes et des ornements spiralés, un masque à figure humaine et un dauphin en relief, complètent l'ensemble original de cette pièce, très rare, dont les dimensions sont habilement proportionnées.

Haut., 1 m. 22 cent.

112 — Nevers. Deux jardinières munies d'anses en torsade, à fond d'émail bleu de Perse, moucheté de blanc.

Haut., 21 cent.

113 — Nevers. Deux pieds de chenets, à décor de figures chinoises en bleu et manganèse, avec chérubin en relief, rehaussé d'émail jaune.

Haut., 17 cent.

114 — Nevers. Plat creux décoré en bleu, au fond, de deux figures villageoises ; au marli, d'une bande d'arabesques, sur fond d'émail gris bleuté.

Diam., 28 cent.

115 — NEVERS. Plat rond à bord arrondi, fond bleu de Perse, décoré en blanc et ocre jaune; au fond, un médaillon contenant un vase de fleurs.

Diam., 27 cent.

116 — NEVERS. Chauffe-mains en forme de livre, décor de feuillages, en bleu sur émail blanc bleuté.

117 — Gargoulette en forme de baril, décorée en bleu de feuillages, avec le nom : JACQUES GENET, et la date 1664.

118 — NEVERS. Petit compotier à décor bleu relevé de jaune, représentant saint Martin dans un médaillon, sous lequel on lit : MARTIN BEAUFIT, 1734.

119 — CLERMONT-FERRAND. Deux assiettes décorées en bleu : armoiries et bordures.

FAIENCES FRANÇAISES

DE DIVERSES FABRIQUES

120 — FABRIQUE DE SCEAUX. Jardinière demi-lune, à trois compartiments décorés de figures chinoises en émaux de couleur, rehaussés d'or et séparés par des montants saillants à filets bleus et reliés en haut par un tore émaillé vert.

Haut., 11 cent.; larg., 21 cent.

121 — MÊME FABRIQUE. Jardinière de même forme que la précédente, décorée de sujets flamands, dans le goût de Téniers, en émaux de couleur et rehauts de dorure.

Haut., 13 cent.; larg., 23 cent.

122 — Même fabrique. Deux jardinières de même forme que la précédente et d'un décor analogue.

Haut., 12 cent.; larg., 22 cent.

123 — Fabrique de Sceaux. Vase Louis XVI à deux anses formées de têtes de béliers et de cornes d'abondance enguirlandées et à couvercle ajouré. Décor polychrome à bouquets et bluets inscrits dans un treillis.

Haut., 24 cent.

124 — Même fabrique. Jardinière Louis XVI, sur pieds à volutes. Décor polychrome, bouquets et médaillons de fleurs encadrés de filets, bleu, carmin et vert.

Haut., 16 cent.; larg , 24 cent.

125 — Fabrique d'Aprey. Plateau rectangulaire à angles arrondis, d'un décor polychrome très soigné, représentant un paysage avec nombreux oiseaux volant et perchés sur un arbre. Au bord, des branches de fleurettes gaufrées et émaillées en couleur.

Long., 34 cent.; larg., 25 cent.

126 — Fabrique d'Aprey. Plaque rectangulaire à décor polychrome, représentant un paysage, avec cours d'eau où nagent des canards ; elle est bordée d'une moulure ornée d'un quadrillé et de quartefeuilles.

Haut., 28 cent.; larg., 33 cent.

127 — Faïence d'Aprey. Plat long à bord contourné et à décor polychrome ; au fond, deux oiseaux sur une branche ; au marli, un semis de fleurettes jetées et deux filets, bleu et carmin.

Long., 35 cent.

128 — Deux assiettes de même faïence et de décor analogue, à bords festonnés.

129 — Autre assiette de même faïence, à décor d'oiseaux.

130 — Deux autres à figures chinoises au fond et fleurettes sur le marli; filet carmin.

131 — MOUSTIERS. Grand plat ovale à décor bleu représentant, d'après Tempesta, une chasse à l'éléphant. Époque Louis XIV.

Long., 60 cent.; larg., 40 cent.

132 — FAÏENCE DE MOUSTIERS. Plat long à bord contourné; décor polychrome; au fond, nombreuses figures costumées à l'orientale, singes, animaux chimériques, palmiers, etc.; au marli, des bouquets et des algues. Marque d'Olery.

Long., 43 cent.

133 — MOUSTIERS. Petit plat rond à bord festonné; décor polychrome représentant le sujet de la Balançoire, composé de cinq personnes en costume Louis XV; sur le marli, des fleurs et des plantes.

Diam., 26 cent.

134 — MARSEILLE. Deux jardinières à décor d'animaux, d'oiseaux et d'arbres, gaufrés en relief et émaillés en couleur. Elles sont bordées de hachures bleues et d'ornements verts.

Haut., 16 cent.; larg., 20 cent.

135 — NIDERWILLER. Belle pendule avec socle, à décor polychrome avec rehauts d'or, à bouquets de fleurs. Époque Louis XV. Elle porte la marque de la manufacture.

Haut., 80 cent.; larg., 35 cent.

136 — FAÏENCE DE NIDERWILLER. Jardinière de suspension en forme de cul-de-lampe, à triple renflement; décor polychrome à guirlandes et bouquets.

Haut., 40 cent.

137 — NIDERWILLER. Assiette à bord festonné relevé de hachures roses et offrant au fond un blason en couleur, surmontant le chiffre A. M. D.

138 — NIDERWILLER. Assiette à bord festonné, décor polychrome: au fond, un bouquet: au marli, des fleurettes détachées.

139 — FABRIQUE DE LORRAINE. Bassin oblong à bord lobé, d'un décor polychrome très soigné, représentant une chasse à l'ours. Une guirlande de fleurs de toutes couleurs, interrompue par des rubans roses, serpente sur le bord du bassin, rehaussé d'un double filet bleu. Époque Louis XV.

Long., 32 cent.

140 — FAÏENCE DE LORRAINE. Deux assiettes à bord festonné relevé d'un filet rose, et offrant au fond un paysage polychrome.

141 — FAÏENCE DE LORRAINE. Huilier, forme bateau. et deux burettes à décor de fleurs en camaïeu vert.

142 — FAÏENCE DE LORRAINE. Jardinière ovale à pourtour ajouré. médaillon, cornes d'abondance. entrelacs, rehaussés d'émaux de couleur.

143 — SAINT-CLEMENT. Écuelle couverte avec plateau, décorée de festons de feuillages en dorure.

144 — SAINT-PAUL. Écuelle avec plateau et couvercle surmonté de roses en relief, à décor de guirlandes de pensées sur bandes à fond jaune.

145 — FAÏENCE DE BORDEAUX. Lampe d'église; fabrique de *Huslin*, à Bordeaux, datée 1734.

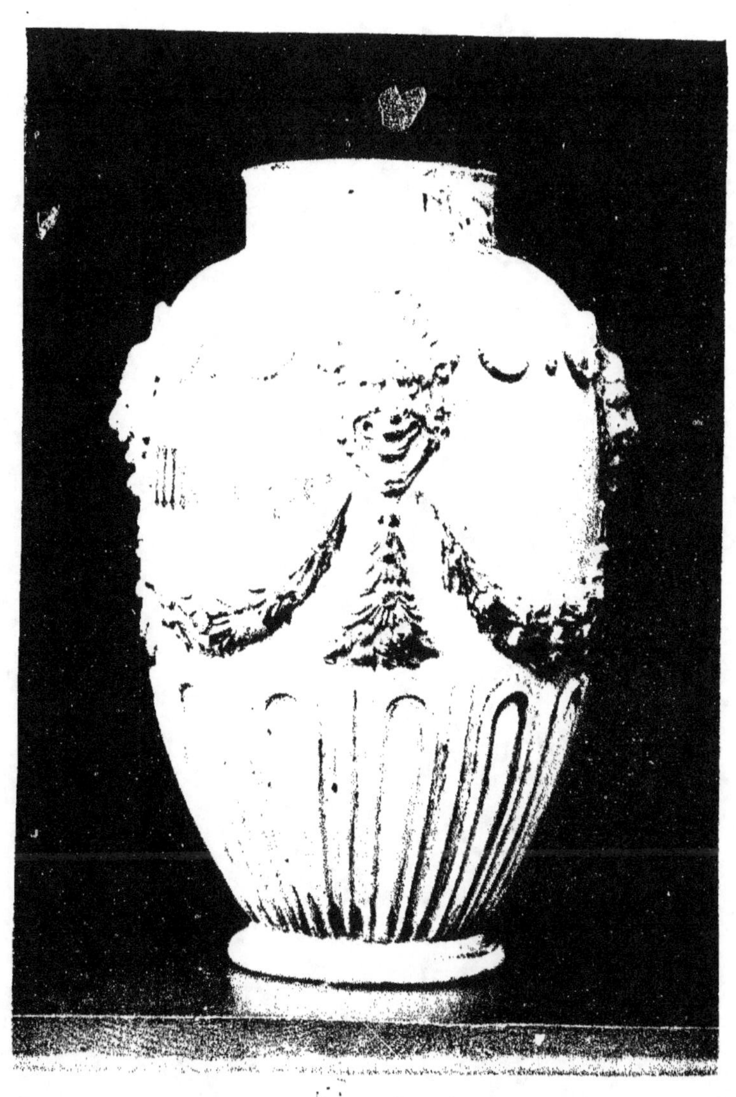

146 — STRASBOURG. Deux jardinières d'une jolie forme Louis XV,
à décor de fleurs en couleur et filets d'encadrement carmin
et vert.

Haut., 14 cent.; larg., 20 cent.

147 — STRASBOURG. Cinq assiettes à décor de fleurs polychromes,
dont deux portent l'initiale P.

148 — Deux autres à bord dentelé hachuré de rose et à décor de
fleurs.

149 à 154 — Quarante assiettes d'ancienne faïence française, à
décors polychromes variés ; assiettes dites patriotiques, à
emblèmes révolutionnaires et à inscriptions; autres décorées de
montgolfières, de devises galantes, de refrains bachiques, etc.
(Seront vendues par lots.)

FAIENCES ÉTRANGÈRES

155 — ATELIER DES DELLA ROBBIA. Haut-relief cintré à la partie
supérieure et représentant le Christ mort soutenu par la
Vierge assise au pied de la croix ; il est décoré d'émaux de
couleur et encadré d'une guirlande de fruits.

Haut., 90 cent.; larg., 80 cent.

156 — FAÏENCE ITALIENNE DU XVIᵉ SIÈCLE. Deux grands vases de
pharmacie, de forme ovoïde, à godrons, mascarons et guirlandes en relief; ils sont décorés bleu et jaune.

Haut., 50 cent.

157 — DELFT DORÉ. Assiette à décor bleu, rouge et or; au centre,
petit bouquet dans un médaillon rond ; au pourtour, trois
autres bouquets alternant avec des demi-rosaces. Monogramme A. P. K.

158 — DELFT DORÉ. Petit plat rond décoré en bleu, rouge et or, femme chinoise et enfant, auprès d'un vase de fleurs posé sur une table ; kiosques, oiseaux. Monogramme A. P. K.

Diam., 26 cent.

159 — DELFT. Deux petits plats ronds décorés en bleu, à sujets tirés du Nouveau Testament ; au marli, couronne de feuillages se détachant sur fond bleu.

Diam., 26 cent.

160 — DELFT. Petit plat rond à décor bleu, dans le goût chinois ; au fond, un buisson de fleurs et une palissade ; au bord, un lambrequin.

Diam., 26 cent.

161 — GRÈS DE FLANDRES. Cruche à panse sphérique, en grès gris, décorée de rosaces en réserve sur fond d'émail bleu.

Haut., 28 cent.

PORCELAINES DE SAINT-CLOUD

162 — SAINT-CLOUD. Deux seaux en porcelaine blanche pâte tendre, décorés de branches de fleurs, de deux mascarons en façon d'anses, et bordés, haut et bas, de rangs de godrons ; toute l'ornementation, en relief.

Haut., 19 cent.

163 — Deux seaux de même modèle, mais plus petits.

Haut., 11 cent.